1911 Mai 8



VENTE

Des Lundi 8 et Mardi 9 Mai 1911

HOTEL DROUOT, SALLE N° 1

A DEUX HEURES

EXPOSITION PUBLIQUE

Le Dimanche 7 Mai 1911

## AQUARELLES — DESSINS — PASTELS — GRAVURES

## MOBILIER MODERNE

## BELLE TAPISSERIE

CATALOGUE

DES

# TABLEAUX ANCIENS

***Par, ou d'après :***

BON BOULLONGNE, DROLLING, FRAGONARD, GÉRARD (BARON), GRIFF, HEEM (DAVID DE), LAGRENÉE, LARGILLIERRE (N. DE), LE CHEVALIER LÉLY, LEPRINCE, PARROCEL, POUSSIN, REMBRANDT, SANTERRE (J.-B.), STEEN (JEAN), TOURNIÈRES, WOUVERMAN, ETC.

## AQUARELLES — DESSINS — PASTELS

GRAVURES

***Par :***

BALTARD, BELLANGÉ, CALLOT (JACQUES), CASANOVA (F.), COGNIET (L.), DAUZATS, DAVID (L.), DE DREUX-DORCY, DESCOURTIS, MEISSONIER (E.), RENOUARD (P.), SWEBACH, VAUZELLE, ETC.

MÉTAL — OBJETS DE VITRINE

***BRONZES, SCULPTURES***

## MOBILIER MODERNE

Salle à manger Renaissance, Petits Meubles, Vitrine, Tables, etc.
Ameublement de salon recouvert de velours de Gênes
Fauteuils, Canapés

BELLE TAPISSERIE DE BRUXELLES

TAPIS DE SMYRNE ET MOQUETTE

MOBILIER COURANT

*Dont la Vente aura lieu à Paris*

## HOTEL DROUOT, SALLE N° 1

**LES LUNDI 8 ET MARDI 9 MAI 1911**

A DEUX HEURES

---

| **Me G. FRANÇOIS** | **Me CROSNIER-LECONTE** |
|---|---|
| COMMISSAIRE-PRISEUR | COMMISSAIRE-PRISEUR |
| 23, rue Le Peletier | 63, rue Taitbout |

ASSISTÉS DE :

| *Pour les Tableaux :* | *Pour les Mobiliers et les Objets d'art :* |
|---|---|
| **M. PAUL SIMONS** | **M. R. BLÉE** |
| EXPERT | EXPERT |
| 23, rue des Martyrs | 53, rue de Châteaudun |

*Chez lesquels se distribue le présent Catalogue*

---

EXPOSITION PUBLIQUE

**Le Dimanche 7 Mai 1911, de deux heures à six heures**

## CONDITIONS DE LA VENTE

Elle sera faite au comptant.

Les adjudicataires paieront *dix pour cent* en sus des enchères.

L'exposition mettant le public à même de se rendre compte de l'état et de la nature des objets, aucune réclamation ne sera admise une fois l'adjudication prononcée.

Paris — Imp. de l'Art, Ch. Berger, 41, rue de la Victoire

# DÉSIGNATION



## TABLEAUX ANCIENS

## ET MODERNES

### BARTHÉLEMY

1 — *Portrait d'un Jeune Homme en habit bleu.*

Toile. Haut., 85 cent.; larg., 65 cent.

Cadre en bois sculpté.

### BLONDEL (1819)

2 — *Portrait de Mme D***.*

Signé et daté en bas à gauche.

Toile ovale dans un rectangle.

Haut., 65 cent.; larg., 55 cent.

### BON BOULLONGNE

3 — *Tobie recouvrant la vue.*

A été gravé.

Toile. Haut., 60 cent.; larg., 77 cent.

BORDIER

4 — *Vénus endormie sous l'égide de l'Amour.*

Toile. Haut., 1 m. 03 cent.; larg. 1 m. 20 cent

BORDIER

5 — *Le Radeau de Christophe Colomb.*

Toile. Haut., 1 mètre; larg., 1 m. 30 cent.

BOUDIN (Eug.), 1872

6 — *Voiliers en pleine mer.*

Bois. Haut., 26 cent.; larg., 46 cent.
Signé en bas à droite.

CHARDIN (École de)

7 — *Portrait de Femme.*

Toile marouflée sur panneau.
Haut., 62 cent.; larg., 52 cent

CHARPENTIER, (Eugène) 1855

8 — *Portrait de M$^{me}$ D***.*

Signé et daté en bas à droite.
Haut., 64 cent.; larg., 53 cent.

CHARTON (1727)

9 — *Portrait d'un Gentilhomme.*

Toile. Haut., 81 cent.; larg. 65 cent.

COURTOIS (Jacques)

(deux pendants)

10 — *Combats de cavalerie.*

Bois ovale. Haut., 15 cent.; larg., 20 cent.

Cadres en bois sculpté et doré.

DROLLING (Attribué à Martin)

11 — *Portrait du roi Louis XVI.*

Toile ovale. Haut., 58 cent.; larg., 49 cent.

DROLLING (École de Martin)

12 — *La Petite Maraîchère.*

Toile. Haut., 27 cent.; larg., 32 cent.

DUVIVIER (1772)

13 — *Attributs d'architecture.*

Toile. Haut., 1 m. 05 cent.; larg., 80 cent.

Signé et daté à gauche.

ÉCOLE ANGLAISE

14 — *L'Hiver.*

Panneau carton.

Haut., 38 cent.; larg., 32 cent.

ÉCOLE ESPAGNOLE

15 — *La Lecture.*

Toile. Haut., 50 cent.; larg., 38 cent.

ÉCOLE FLAMANDE

16 — *Pâturage.*

Panneau bois. Haut., 18 cent.; larg., 28 cent.

ÉCOLE FLAMANDE (XVII^e siècle)

17 — *Vénus et Apollon.*

Toile. Haut., 74 cent.; larg., 95 cent.

ÉCOLE FRANÇAISE

18 — *Flore.*

Toile. Haut., 1 mètre; larg., 76 cent.

ÉCOLE FRANÇAISE

19 — *La Source.*

Toile. Haut., 1 mètre; larg., 76 cent.

ÉCOLE FRANÇAISE

20 — *Portrait du roi Louis XIII.*

Panneau bois. Haut., 35 cent.; larg., 28 cent.

ÉCOLE FRANÇAISE

21 — *Portrait de Gaston d'Orléans.*

Panneau bois. Haut., 35 cent.; larg., 28 cent.
Pendant du précédent.

ÉCOLE FRANÇAISE

22 — *La Fileuse endormie.*

Panneau bois. Haut., 32 cent.; larg., 26 cent.

ÉCOLE FRANCAISE

23 — *Bords de lac.*

Toile. Haut., 60 cent.; larg., 81 cent.

ÉCOLE FRANÇAISE

24 — *Portrait d'Homme en buste.*

Habit noir, gilet bleu or.

Toile. Haut., 55 cent., larg., 46 cent.

Cadre en bois sculpté et doré.

ÉCOLE FRANÇAISE

25 — *Portrait de Femme en décolleté.*

Pendant du précédent.

Toile. Haut., 55 cent.; larg., 46 cent.

Cadre en bois sculpté et doré.

ÉCOLE FRANÇAISE

26 — *Le Fumeur.*

Panneau bois. Haut., 32 cent.; larg., 24 cent.

ÉCOLE FRANÇAISE

27 — *Portrait d'Homme en habit brun.*

Toile ovale. Haut., 44 cent.; larg. 37 cent.

ÉCOLE FRANÇAISE

28 — *Le Lac.*

Panneau bois. Haut., 14 cent.; larg., 22 cent.

ÉCOLE FRANÇAISE

29 — *Portrait de Femme.*

Toile. Haut., 72 cent.; larg., 60 cent.

ÉCOLE FRANÇAISE

30 — *Jeune Femme à la fontaine.*

Paysage d'Italie.

Toile. Haut., 60 cent.; larg., 73 cent.

ÉCOLE FRANÇAISE

31 — *L'Automne.*

Toile. Haut., 1 mètre; larg., 76 cent.

ÉCOLE FRANÇAISE

32 — *L'Hiver.*

Toile. Haut., 1 mètre; larg., 76 cent.

ÉCOLE FRANÇAISE

33 — *Portrait d'un Chef d'escadrons. (Campagne d'Algérie.)*

Toile. Haut., 81 cent.; larg., 65 cent.

ÉCOLE FRANÇAISE (XVII^e siécle)

34 — *Portrait du Maréchal de Catinat.*

Peinture sur cuivre ovale.

Haut., 13 cent.; larg., 11 cent.

ÉCOLE FRANÇAISE

35 — *Femme à sa toilette.*

Panneau bois. Haut., 14 cent.; larg., 17 cent.

ÉCOLE HOLLANDAISE

36 — *Œillets dans un vase.*

Toile marouflée.

Cadre ovale. Haut., 43 cent.; larg., 35 cent.

ÉCOLE HOLLANDAISE

37 — *Cheval bai au repos.*

Panneau bois. Haut., 21 cent.; larg., 28 cent.

ÉCOLE HOLLANDAISE

38 — *Les Pêcheurs à la ligne.*

Bois. Haut., 40 cent.; larg., 55 cent.

ÉCOLE HOLLANDAISE

39 — *La petite Fille au chien.*

Panneau bois. Haut., 22 cent.; larg., 16 cent.
Cadre en bois sculpté.

ÉCOLE HOLLANDAISE

40 — *Paysage animé.*

Panneau bois. Haut., 29 cent.; larg., 40 cent.

ÉCOLE VÉNITIENNE

41 — *La Fuite en Egypte.*

Toile. Haut., 38 cent.; larg. 34 cent

FABRITIUS (École de)

2 — *Portrait d'un bourgmestre.*

Panneau bois. Haut , 1 m. 15; larg., 81 cent.

FRAGONARD (Jean-Honoré)

43 — *L'Homme au turban orné de perles.*

Pastiche dans la manière de Rembrandt.

Signé au centre à droite : *Frago.*

Toile. Haut., 55 cent.; larg., 46 cent.

GÉRARD (Attribué au baron)

44 — *Portrait de Femme.*

Toile ovale dans un rectangle.

Haut., 63 cent.; larg., 55 cent.

GÉROME

45 — *Paysage animé.*

Panneau. Haut., 22 cent.; larg., 45 cent.

GRIFF

46 — *Chiens gardant du gibier.*

Panneau bois. Haut., 15 cent.; larg., 18 cent.

Deux pendants.

HEEM (David de)

47 — *Écureuil au milieu d'un compotier de fruits.*

Panneau bois. Haut., 50 cent.; larg., 66 cent.

JADIN

48 — *La Chasse au sanglier.*

Toile. Haut., 26 cent.; larg., 40 cent.

JADIN

49 — *La Curée.*

Toile. Haut., 26 cent.; larg., 40 cent.

Pendant du précédent.

LACROIX

50 — *Port de mer.*

Toile. Haut., 74 cent.; larg., 1 mètre.

LAGRENÉE (École de Fr.)

51 — *Vénus blessée par l'Amour.*

Toile. Haut., 90 cent.; larg., 76 cent.

LARGILLIERRE (Nicolas de)

52 — *Portrait du Conseiller de Grivel.*

Toile. Haut., 75 cent.; larg., 62 cent.

L.-B. (1825)

53 — *Grosse Mer près de la jetée.*

Toile. Haut., 50 cent.; larg., 65 cent.

LE CHEVALIER LELY (École de)

54 — *Portrait.*

Toile ovale. Haut. 77 cent.; larg., 61 cent.

Cadre en bois sculpté.

LE POITTEVIN (Louis)

55 — *Le Cloître de Léon, près Dinan.*

Signé en bas à gauche.

Toile. Haut., 65 cent.; larg., 92 cent.

LEPRINCE (Genre de Xavier)

(deux pendants)

56 — *La Rivière.*

Toile. Haut., 25 cent.; larg., 32 cent.

MANS

57 — *L'Hiver.*

Toile. Haut., 40 cent.; larg., 47 cent.

MICHAU (Théobald)

58 — *La Bénédiction sur la place de l'Église.*

Toile marouflée.

Haut., 29 cent.; larg., 41 cent.

Cadre en bois sculpté.

PARROCEL (École de)

59 — *Le Sac d'une ville.*

Toile. Haut., 43 cent.; larg., 60 cent.

POELENBURG

60 — *La Tentation de Saint Antoine.*

Panneau bois.

Haut., 31 cent.; larg., 24 cent.

Cadre en bois sculpté Louis XIV.

POUSSIN (Nicolas)

61 — *Enfant bacchant vidant une coupe.*

Toile. Haut., 35 cent.; larg., 28 cent.

REMBRANDT (École de)

62 — *Laissez venir à moi les petits enfants.*

Panneau bois.

Haut., 69 cent.; larg , 1 m 04 cent.

Cadres en bois sculpté.

RIESENER

63 — *La Sieste.*

Toile. Haut., 32 cent.; larg., 41 cent.

SAINT-ANGE

64 — *Vierge et Enfant Jésus.*

Panneau bois. Haut., 40 cent.; larg., 30 cent.

SANTERRE (École de J.-B.)

65 — *Jeune Femme lisant.*

Toile. Haut., 75 cent.; larg., 65 cent.

STEEN (École de JEAN)

66 — *La Fin d'une orgie.*

Toile. Haut., 74 cent.; larg., 78 cent.

STEVENS (A.)

67 — *Marine.*

Signé en bas à droite.

Bois. Haut., 33 cent.; larg., 24 cent.

TOURNIÈRES (École de ROBERT)

68 — *Portrait d'un Seigneur vu jusqu'aux genoux.*

Toile cintrée. Haut., 1 m. 25 cent.; larg., 73 cent.

Cadre de la Régence en bois sculpté et doré.

WOUWERMAN (Philippe)

69 — *Le Marché aux chevaux.*

Signé en bas à droite du monogramme de l'artiste.

Toile. Haut., 55 cent.; larg., 65 cent.

# AQUARELLES, DESSINS

## PASTELS, GRAVURES

BALTARD (Louis-Pierre)

70 — *Vue du Panthéon. (Effet de matin.)*

Devant le monument, des carrosses et des promeneurs. A droite, un chantier de pierres de taille.

Dessin lavé à l'encre de Chine.

Haut., 32 cent.; larg., 41 cent.

BARBIER-WALBONNE (Jacques-Luc)

(deux pendants)

71 — *Scènes de la Campagne d'Italie.*

Deux aquarelles signées.

Haut., 28 cent.; larg., 40 cent.

BELLANGÉ (Hippolyte), 1832

72 — *Épisode des guerres du Premier Empire.*

Lithographie coloriée.

Haut., 20 cent.; larg., 30 cent.

## BERVIC

73 — *L'Éducation d'Achille.*

— *L'Enlèvement de Déjanire.*

Deux gravures en noir.

## CALLOT (Attribué à Jacques)

74 — *Animaux fantastiques.*

Dessin à la plume.

Haut., 27 cent.; larg., 42 cent.

## CASANOVA (François)

(DEUX PENDANTS)

75 — *Scènes de la vie de camp.*

Sépia rehaussée de gouache, sur papier gris.

Haut., 37 cent.; larg., 46 cent.

## COCHIN (Attribué à)

76 — *Profil de monument.*

Dessin à la mine de plomb.

Haut., 32 cent.; larg., 22 cent.

## COGNIET (Léon)

77 — *Italienne à la fontaine.*

Dessin à la sépia.

Signé en bas à droite.

Haut., 23 cent.; larg., 18 cent.

CORNEILLE (Michel)

78 — *Plusieurs têtes d'études.*

Dessin à la sanguine.

Haut., 26 cent.; larg., 44 cent.

COTTELLE

79 — *Flore et les amours.*

Gouache, forme ovale.

Haut., 76 cent ; larg., 60 cent.

DAUZATS

80 — *L'Église Saint-Jean-Baptiste.*

Rue Mayenne, à Troyes, plus loin Saint-Urbain et la cathédrale Saint-Pierre.

Dessin à la mine de plomb.

En bas, à gauche, le cachet de la *Vente Dauzats.*

Haut., 42 cent.; larg., 28 cent.

Cadre en bois sculpté et doré.

DAUZATS

81 — *Constantinople. (La Douane.)*

Dessin à la mine de plomb.

Haut., 26 cent.; larg., 37 cent.

DAVID (Jacques-Louis)

82 — *Page de croquis.*

Dessin à la plume.

Haut., 22 cent.; larg., 25 cent.

DEDREUX-DORCY

83 — *La Fillette à l'épagneul.* D'après Greuze.

Pastel. Haut., 46 cent.; larg., 37 cent.

Cadre en bois sculpté et doré.

DESCOURTIS

84 — *Paul et Virginie.*

Suite de six gravures en couleurs.

ÉCOLE FRANÇAISE

85 — *La Porte Saint-Martin.*

Aquarelle. Haut., 19 cent.; larg., 26 cent.

ÉCOLE FRANÇAISE

86 — *Projet de fontaine décorative.*

Dessin lavé à l'encre de Chine.

Haut., 36 cent.; larg., 28 cent

ÉCOLE FRANÇAISE (Fin XVIIe siècle)

87 — *Promenade au jardin public.*

Aquarelle. Haut., 16 cent.; larg., 24 cent.

ÉCOLE FRANÇAISE (XVIIe siècle)

88 — *Scène mythologique.*

Aquarelle rehaussée de gouache.

Haut., 27 cent.; larg., 18 cent.

Cadre en bois sculpté et doré.

### ÉCOLE FRANÇAISE

89 — *Portrait de Jeune Femme.*

Pastel forme ovale.
Cadre en bois sculpté et doré.

### ÉCOLE ITALIENNE

90 — *Les Trois Parques.*

Dessin à la plume.

Haut., 19 cent.; larg., 31 cent.

### GAYRARD

91 — Dans un même cadre deux dessins :

1° Sépia — *Deux Femmes agenouillées.*

Haut., 14 cent.; larg., 14 cent.

2° Mine de plomb. — *Reddition d'une ville.*

Forme ronde. Diam., 15 cent.

### GRÉVEDON

92 — *Buste de Jeune Femme.*

Dessin à la pierre noire.

Haut., 35 cent.; larg., 26 cent.

93 — Deux gravures : *Un aqueduc.* — Autre sujet, pendant du précédent.

94 — Deux gravures : *Scènes de genre.*

### GROUX (HENRI DE)

95 — *Portrait de Wagner.*

Lithographie.

### HORNE

96 — *Aquarelles.*

Deux pendants.

Haut., 19 cent.; larg., 36 cent.

### ISABEY

97 — *La pointe Sainte-Eustache.*

Aquarelle rehaussée de gouache.

Haut., 26 cent.; larg., 20 cent.

### JAZET

98 — *Le Festin de Balthazar.*

Gravure à l'aqua-tinte.

### MASSÉ (Attribué à)

99 — *Portrait d'une Jeune mère et de sa fille.*

Pastel. Haut., 81 cent.; larg., 60 cent.

### MEISSONIER

100 — *La Salûte (Venise).*

Aquarelle. Monogramme en bas à gauche.

Haut., 37 cent.; larg., 27 cent.

### NOEL (Alexandre)

101 — *Un coup de vent dans une rade.*

Importante gouache.

(*Salon de 1800.*)

Haut., 64 cent.; larg., 95 cent.

POIROT (Lucien)

102 — *Prière aux saints.*

Enluminure sur parchemin.

Haut., 53 cent.; larg., 35 cent.

PRUD'HON (École de)

103 — *Dessin rehaussé.*

RENOUARD (Paul)

104 — *Devant la colonne Trajane.*

Un groupe de touristes, la tête levée, écoutent les explications d'un guide.
Dessin à la pierre noire.
Signé en haut à gauche.

Haut., 24 cent.; larg., 35 cent.

ROQUEPLAN (Genre de)

105 — *Le Printemps et l'Automne.*

Pastels. Deux pendants.

Haut., 40 cent.; larg., 31 cent.

SWEBACH

106 — *Cavalier montant en selle.*

Dessin à l'encre de Chine, rehaussé de gouache.

Haut., 19 cent.; larg., 27 cent,

THORNLEY

107 — *Ancienne demeure de Madame de Sévigné : Le Château des rochers.*

Aquarelle. Signée en bas à droite.

Haut., 38 cent.; larg., 45 cent.

VALLIN (D'après)

108 — Deux gravures : 1° *Le Repentir;* 2° *Le Désir.*

VAUZELLE

109 — *Le Pont-au-Change.*

Aquarelle. Signée à droite.

Haut., 20 cent.; larg., 25 cent.

110 — Sous ce numéro, les tableaux, dessins, etc., omis au Catalogue.

# MÉTAL

111 — Trois réchauds et trois cloches, une jardinière, une corbeille tressée et deux plats.

112 — Un samovar, une théière, un broc.

112 *bis* — Huit pièces, théière, cafetière, sucrier et pot à crême.

113 — Une soupière, et son couvercle, de style Louis XV.

114 — Deux piéces, surtout de table en cristal.

115 — Deux coupes en cristal, pieds à amours métal.

116 — Deux salières, deux bouts de table, un moutardier.

117 — Coupe à pied en métal.

118 — Quatre coupes à gâteau et une cuillère, plateau à pain à anse.

119 — Cinq plats, dont deux longs et trois ovales.

120 — Huit dessous de carafe.

121 — Huit autres dessous de carafe.

122 — Un réchaud long et sa cloche, deux réchauds ronds et une cloche.

123 — Plat ovale.

124 — Jardinière sur quatre pieds.

125 — Panier de voyage pour la table, contenant six services.

126 — Panier de voyage pour le thé, contenant un service à thé.

## FAIENCE, OBJETS DE VITRINE

127 — Jardinière en faïence de Clément Massier. Golfe Juan.

128 — Sous ce numéro, environ trentre-quatre pièces : œuf en nacre, vases, coupe de Gallé, vide-poche et petits objets d'étagère en porcelaine, terre cuite ou faïence.

129 — Buste de femme en plâtre.

130 — Deux sujets en biscuit : Jeunes femmes assises.

131 — Deux vases et une coupe en verre de Bohême.

# VAISSELLE DE TABLE

## VERRERIE DE TABLE

132 — Deux plats octogonaux en porcelaine de Chine, Kang-hi, décor de fleurs et d'oiseaux.

# BRONZES, SCULPTURES

132 *bis* — Coupe en bronze, à sujet à amour.

133 — Deux coupes à couvercles en bronze patiné, décor d'oiseaux.

134 — Deux sujets en biscuit : Amours, à bases en bronze ciselé et doré de Style Louis XVI.

135 — Quatre appliques en bronze, de style Louis XVI.

136 — Deux appliques en bronze Restauration.

136 *bis* — Deux petits groupes en bronze : Garde française et paysage.

137 — Deux coffrets, porte-bouquet en bronze, parties émaillées.

138 — Deux vases en bronze japonais.

139 — Glace à cadre en onyx et bronze émaillé.

140 — Cornet porte-fleur sur un plateau en forme de feuille, en onyx et bronze, en partie émaillé.

141 — Deux bougeoirs-bouillotte ciselés, de style Louis XV.

142 — Trois paires de flambeaux en bronze.

143 — Deux porte-allumettes en bronze.

144 — Galerie de foyer en bronze.

145 — Deux candélabres à amours, bronze doré.

145 *bis* — Bougeoir électrique, orné d'un ibis.

146 — Bougeoir électrique en bronze, orné d'une perdrix en émail cloisonné de la Chine. Style Louis XV.

147 — Deux vases en bronze, de style chinois.

148 — Pendule d'applique et son socle en marqueterie de cuivre et d'écaille, ornements en bronze.

149 — Grand vase en porcelaine, décoré de fleurs en réserve sur fond bleu, de Sèvres. Monture en bronze.

150 — Plaque de cheminée en fonte, décorée d'une couronne de marquis.

151 — Deux grands chenets en fer forgé.

152 — Deux chenets en cuivre.

153 — Pare-étincelles en cuivre.

154 — Lampe de parquet à tablette de marbre, en cuivre doré.

155 — Lampe de parquet en fer peint, orné d'un ibis et de fleurs.

156 — Importante garniture de cheminée en bronze ciselé et doré deux tons, et deux candélabres préparés à l'électricité. Style Renaissance.

157 — Grand groupe : Amours de Itasse. Terre cuite.

158 — Buste de jeune femme en marbre blanc. Signée : *Rodin*.

159 — Buste de jeune Bretonne. Terre cuite.

## PAJOU

160 — *Diogène.*

Terre cuite. Haut-relief.

Dans l'épaisseur du terrain se trouve la dédicace suivante :

*Dédié à Monsieur Maneir, curé de Saint-Denis.*

*Pajou fecit, 1781.*

Haut., 51 cent.; larg., 32 cent.

# MEUBLES

161 — Colonne en marbre gris et cuivre.

162 — Horloge comtoise en bois peint.

163 — Table à thé en marqueterie de bois de rose et de bois satiné, ornée de bronzes ciselés et dorés, de style Louis XV.

164 — Petite console en bois sculpté et doré, de style Louis XV, marbre brèche.

165 — Paravent à trois feuilles en bois sculpté et doré garnies de glace et de soierie brochée. Style Louis XV.

166 — Petite jardinière ovale en thuya, bois noir et marqueterie.

167 — Guéridon rond en bois sculpté et doré, dessus en marbre, style Louis XVI.

168 — Support en bois noirci, de style chinois.

169 — Petite-table support en bois d'érable, décorée de fleurs.

170 — Support en bois noirci à têtes d'éléphants, le plateau supérieur est formé d'un plat de la Tempérance.

171 — Deux supports ronds en bois noirci, de style chinois.

172 — Deux meubles bahut en bois noirci, marqueterie genre Boulle, ornements en bronze ; dessus en marbre.

173 — Table formant jardinière en bois noirci, marqueterie genre Boulle, ornements en bronze ; dessus en marbre.

174 — Meuble bahut à côtés galbés en bois noirci et marqueterie genre Boulle ; dessus en marbre.

175 — Petite table-étagère en bois noirci et marqueterie genre Boulle.

176 — Vitrine en bois sculpté et doré, reposant sur une console également en bois sculpté et doré, de style Louis XVI.

177 — Bibliothèque à deux corps, ouvrant à quatre portes dont deux vitrées, en palissandre vernie.

178 — Chiffonnier en palissandre vernie, orné de bronze.

179 — Toilette de dame en acajou et marbre blanc, de style Louis XV.

180 — Meuble étagère en acajou, orné de cuivre et à fond de glace. Style Louis XVI.

181 — Chiffonnier-secrétaire en bois de rose et palissandre orné de bronze; dessus en marbre blanc. Style Louis XV.

182 — Petite bibliothèque à deux corps, en chêne sculpté.

183 — Armoire à glace à une porte en bois laqué vert, décor de fleurs en dorure.

184 — Armoire penderie.

185 — Grande toilette en bois laqué vert à filets dorés; dessus en marbre rouge.

186 — Grande console en bois sculpté et doré, ornée de lambrequins, tête de bélier, etc. Style Louis XIV. Marbre veiné.

187 — Table de salon en bois sculpté et doré, de style Louis XV; dessus en marbre brêche.

188 — Ameublement de salle à manger en noyer sculpté de style Renaissance, comprenant un buffet à deux corps et crédence, un dressoir à dessus marbre rouge, une table à coins arrondis, dix chaises recouvertes de cuir.

189 — Meuble-argentier, ouvrant à une porte, à colonnes détachées, noyer sculpté. Style Renaissance.

190 — Petite table à thé en noyer sculpté, de style Renaissance.

191 — Grande cheminée, en deux parties, à colonnes cannelées, détachées : têtes et griffes de lion, en noyer sculpté, de style Renaissance.

192 — Porte-manteau à console en noyer sculpté, de style Renaissance, orné d'une grande glace.

193 — Secrétaire en bois de rose et marqueterie de fleurs, ouvrant à un abattant, un tiroir et deux portes, marbre gris. Style Louis XVI.

194 — Petite table à trois tiroirs, en bois de rose et filets de citronnier. Style Louis XVI.

194 *bis* — Commode à deux tiroirs, en bois de rose et filets de marqueterie, marbre veiné. XVIIIe siècle.

194 *ter* — Ameublement de salle à manger, en acajou verni, de style anglais.

195 — Bel ameublement de chambre à coucher, en marqueterie de bois de rose et bois de placage, orné de bronzes ciselés et dorés. Style Louis XVI.

195 *bis* — Lit à baldaquin, en bois sculpté peint en vert rehaussé d'or. Époque Louis XV.

195 *ter* — Sous ce numéro : mobilier courant et ustensiles de ménage. (Sera divisé.)

196 — Huit feuilles de vitraux. (Sera divisé.)

197 — Glace-applique, à support en bois sculpté et doré.

198 — Glace dite de Venise, de forme octogonale, à fronton et côtés gravés.

# SIÈGES

199 — Pouff en bois sculpté et doré, recouvert de soierie brochée. Style Louis XV.

200 — Tabouret carré en bois sculpté et doré, recouvert de soierie brochée. Style Louis XVI.

201 — Petit tabouret de pied en bois sculpté.

202 — Deux fauteuils en noyer sculpté, recouverts d'imitation de tapisserie. Style Louis XIII.

203 — Petit canapé en bois sculpté et doré, de style Louis XVI, recouvert de soierie brochée à fond crème.

204 — Petit canapé-corbeille en bois sculpté et doré, à fond canné, garni d'un coussin. Style Louis XVI.

205 — Deux chaises caqueteuses à accotoir en noyer sculpté. Style Renaissance.

206 — Riche ameublement de salon, comprenant : un canapé, quatre fauteuils, quatre chaises, en bois sculpté et doré, de style Louis XV, recouverts de velours de Gênes, à vases fleuris et tritons de ton rouge sur fond crème.

# TAPIS

207 — Tapis de Smyrne, à décor bleu et rouge.

208 — Autre tapis de Smyrne, à décor bleu et rouge.

209 — Tapis de Smyrne, à décor polychrome.

210 — Sous ce numéro, tapis-moquette. (Sera divisé.)

# TAPISSERIE

211 — Grande tapisserie, représentant un sacrifice. Importante composition à nombreux personnages et animaux. Large bordure à gaine-cariatides, fronton et base. Bandeaux supérieurs et inférieurs à cartouche animaux et guirlandes de fleurs. Bruxelles, XVIIe siècle.

Haut., 4 m. 10; larg., 4 m. 60.

212 — Objets omis.

www.ingramcontent.com/pod-product-compliance
Ingram Content Group UK Ltd.
Pitfield, Milton Keynes, MK11 3LW, UK
UKHW020514180726
13839UKWH00005B/2075

9 782329 368030